· 小柏拉图的哲学故事 ·

神奇的亚特兰蒂斯王国

[意]埃米利亚诺·迪·马可 著   [意]马西莫·巴奇尼 绘

虞奕聪 谭钰薇 译

海豚出版社
DOLPHIN BOOKS

CIPG 中国国际出版集团

图书在版编目（CIP）数据

小柏拉图的哲学故事. 神奇的亚特兰蒂斯王国 /
(意) 埃米利亚诺·迪·马可著；(意) 马西莫·巴奇尼
绘；虞奕聪，谭钰薇译. -- 北京：海豚出版社，
2021.3
　　ISBN 978-7-5110-5147-9

　　Ⅰ. ①小… Ⅱ. ①埃… ②马… ③虞… ④谭… Ⅲ.
①儿童故事 – 图画故事 – 意大利 – 现代 Ⅳ. ①I546.85

中国版本图书馆CIP数据核字(2020)第263423号

著作权合同登记号：图字01-2020-7159

Original title：
Texts by Emiliano Di Marco
Illustrations by Massimo Bacchini
Copyright © (year of the original publication) La Nuova Frontiera
The Simplified Chinese is published in arrangement through Niu Niu Culture.

小柏拉图的哲学故事　神奇的亚特兰蒂斯王国

[意]埃米利亚诺·迪·马可　著　　[意]马西莫·巴奇尼　绘　虞奕聪　谭钰薇　译

出 版 人	王　磊
策　　划	田鑫鑫
责任编辑	张　镛
装帧设计	杨西霞
责任印制	于浩杰　蔡　丽
法律顾问	中咨律师事务所　殷斌律师
出　　版	海豚出版社
地　　址	北京市西城区百万庄大街24号
邮　　编	100037
电　　话	010-68325006（销售）　010-68996147（总编室）
印　　刷	北京金特印刷有限责任公司
经　　销	新华书店及网络书店
开　　本	680mm×960mm　1/16
印　　张	24（全八册）
字　　数	322千字（全八册）
印　　数	5000
版　　次	2021年3月第1版　2021年3月第1次印刷
标准书号	ISBN 978-7-5110-5147-9
定　　价	158.00元（全八册）

著　者：埃米利亚诺·迪·马可

他出生在意大利的托斯卡纳，说话也是托斯卡纳口音；他既是哲学方面的专家，又是佛罗伦萨大牛排的专家。从小，他就常给大人们写故事；现在，他长大了，决定给小朋友们也写一些故事。

插画师：马西莫·巴奇尼

他兴趣广泛，有许多爱好，比如写作、画画、登山、潜水。在艺术和创作上，他和没那么爱运动的埃米利亚诺·迪·马可是合作多年的伙伴。这是他第一次给儿童读物画插图。我们希望他能继续画下去，因为他的画非常棒！

太阳懒洋洋地升起，照亮了雅典城里的神庙和宏伟的建筑。天越来越亮，人们陆续从家里走出来，雅典城渐渐苏醒了。城外不远处，士兵们在营地里吹起了集合号；城中心的市场里，商人们搭起了小摊；妇女们涌到街上去买东西；几个懒汉走来走去，想找些事情做。熙熙攘攘的人群中，有一个老者和一个小男孩，他们肩并肩走着，好像有说不完的话。

这个小男孩叫亚里斯多克勒斯，但是大家更喜欢叫他"柏拉图"，因为他的肩膀既宽大又结实。他不仅身强力大，而且还很聪明，有很强的好奇心。他的梦想是成为一个伟大的智者，学习可以回答一切问题的学问——哲学。

为了实现这个梦想，几年前，他结识了他的老师苏格拉底①。当初，他决心找到世界上最有智慧的人，为了找到这个人，他还特地跑到阿波罗神的圣殿，请求阿波罗神告诉他，谁是世界上最有智慧的人。阿波罗神回答他，雅典的苏格拉底是最有智慧的人。

柏拉图果然没有找错人。因为，苏格拉底不仅很有智慧，而且还是一位优秀的老师，虽然有时他的举动非常奇怪。

柏拉图和苏格拉底经常一起散步，他们总是走很长很长的路，把其他的一切都忘在脑后；他们走呀走，有时会突然发现，他们已经离雅典城很远了，都不认识回去的路了。

---

① 如果你想知道柏拉图是怎样认识苏格拉底的，可以读一读《世界上最有智慧的人》。

散步时，苏格拉底总有一大堆问题要考一考他的学生。事实上，他相信，学习的唯一方法就是弄懂问题本身，而不是研究许多数据和深奥的概念，然后在十分钟之后就将它们忘得一干二净。就这样，在一个接一个的问题中，年轻的柏拉图一天天变得越来越有智慧。

这天早晨，这对师生像往常一样，正准备开始散步。这时，三个神情严肃的人朝他们走了过来。

"你就是苏格拉底吗？"其中一个人问。

"是的。"苏格拉底回答说。

"我叫克里蒂亚，这是我的朋友赫谟克拉特和蒂迈欧。我们正好在找你呢，因为我们有一件很重要的事要跟你说。"三人中最年轻的那个说。

"重要极了！"赫谟克拉特补充说。

"简直是世界上最重要的事！"蒂迈欧最后说。他似乎是三人中年纪最大的一个，看上去也最聪明。

"是什么事呀？"柏拉图很好奇，马上问道。他脑袋里的小声音对他说："看来，今天不用上课了。"

"这是一个秘密，与雅典城的诞生、可怕的灾难有关，还关系一些只有我们知道的事情。"克里蒂亚说。

苏格拉底立刻明白了克里蒂亚的用意，于是他说："这个孩子是我的学生，是我最信任的人。"

　　柏拉图听了这番话，感到很自豪，甚至有些骄傲起来。

　　"而且，他要是敢泄露秘密，我可有他好看的！"说着，苏格拉底瞥了柏拉图一眼。柏拉图马上泄了气，开始认认真真地听他们说话。

　　"我们相信你的判断，苏格拉底。不过，这件事一定会让你大吃一惊。显然，我们不能在大街上说这些，我们找一个安静些的地方吧。"赫谟克拉特一边说，一边看了看四周，生怕别人听到他们说话似的。

　　"要是你们不介意，可以去我家。"苏格拉底提议说。

　　他们三人同意了。不一会儿，他们便来到了苏格拉底家。这时，他们发现迎接他们的是苏格拉底的妻子——赞西佩，她刚刚打扫了客厅。赞西佩是一个又高又肥胖的女人，她的声音像长号一样刺耳。一看见他们，她就瞪了他们一眼，发问道：

　　"怎么回事？这些都是什么人？"

5

"他们是我的朋友，要跟我讨论一个很重要的问题。"苏格拉底回答说。

赞西佩有个坏脾气，不太喜欢招待客人，一想到家里来了这么多人，她就火冒三丈。

"好啊，现在你连朋友都给我带回家来了！他们一定都跟你一个德性，吃五个人的饭，说二十个人的话，却连一只小勺都不会帮我洗！"

"听着，我们去客厅。拜托你别像平时一样偷听。"苏格拉底说，他知道跟她吵架一点用都没有。

"那还用说！你少给我添麻烦，我刚把客厅打扫干净呢！"

苏格拉底不再理会他的妻子，把客人带到了客厅。克里蒂亚三人被他的妻子吓坏了，直到坐了下来，还惊魂未定。

"别理我妻子，她只'叫唤'，不'咬人'。好了，你们想跟我说什么来着？"

克里蒂亚稍稍平静了一些，说："亲爱的苏格拉底，我的家族是梭伦的后代，你一定知道，是他写了雅典的法律。几天前，我做了一个梦，梦见梭伦让我去翻一翻我们家的地下室，他说我会在那儿找到一件十分重要的东西。我就照做了。于是，我果真找到了一样东西——他的手稿，上面记录了一个不可思议的故事。"

"不可思议极了！"赫谟克拉特补充说。

"简直是世界上最不可思议的故事！"蒂迈欧最后说。

"我还只是个年轻的学生，读了这个故事之后，我就去找了赫谟克拉特，因为我知道，他很聪明。"

"而我呢，"赫谟克拉特接着说，"我读了这个故事之后，就去找了蒂迈欧，因为我认为他比我更聪明。"

"最后，我听了这个故事，就决定来找你，苏格拉底，因为人们都说你是世界上最有智慧的人。"蒂迈欧最后说。

"这是谁说的？"苏格拉底问道，他可不认为自己是世界上最有智慧的人。

"嗯……就是这个男孩儿，他见人就说。"蒂迈欧指着柏拉图回答说。柏拉图连忙低下头假装什么也没发生。

"我是从一个卖橄榄的小贩那儿听来的，小贩是从一个水手那儿听来的，水手又是从一个士兵那儿听来的，士兵又是从……"

　　"行了行了，我明白了。"苏格拉底一边说，一边看了柏拉图一眼。

　　"总之，大家都说你就是最有智慧的人……"

　　"我可没有你们说的那么有智慧。不过，我对这个故事倒是很感兴趣。现在，我也想好好听听这个故事。"苏格拉底回答说。

　　"太好了！"克里蒂亚说。

　　"好极了！"赫谟克拉特补充说。

　　"这真是世界上最好的消息！"蒂迈欧最后说。

　　克里蒂亚从他的长袍里掏出一卷手稿，慢慢将它展开。

　　柏拉图开始按捺不住了。

　　克里蒂亚读了起来：

我年轻的时候，我的城邦任命我来制定法律。这个任务对我来说太艰巨了。

于是，我来到埃及寻找灵感，因为这个国度里保存着许多古老的秘密。我希望在这里为我的城民、为我自己的问题找到解决办法。我和很多智者交谈过，他们每个人都给了我一些建议，给我讲了许多不可思议的故事。我特别想讲一讲其中的一个，因为我觉得，在我听过的所有故事中，这个故事最有意思。

我来到一个神庙，遇到了一个祭司，据说他无所不知。这个祭司年纪很大，有一双深邃的眼睛，令人捉摸不透，他穿着一件宽大的长袍，戴着一顶奇怪的帽子，看上去简直就像一个巫师！我将自己的疑惑还有雅典城民交给我的使命告诉了他。听了我的话之后，他突然哈哈大笑起来，说道：

"你们希腊人真是长不大。你们把自己的过去忘了个一干二净，连祖先的法律都不记得了。不过，这也不能怪你们。"

"祖先的法律？"我问道。

"没错。你一定知道，世界上曾经发生过许多可怕的灾难，比如地震啦，暴风雨啦，洪水啦……每一次，这些灾难都会将世界上的东西夷为平地。有时，地球离太阳太近了，地球上的一切就会被烧毁；还有时，海平面升高，所有陆地都被淹没了。总是只有极少数人能幸存，奇迹般地活下来，但是他们已经没有了书，没有任何东西能够说明他们以前的生活是怎么样的。只有在埃及，我们保存了关于这些灾害的记忆，因为早在远古时期，我们就习惯将所有不寻常的事件都记在书上，并且将这些书珍藏在神庙里。"

只是听到这些，我就已经目瞪口呆了，我想象着，在我们之前曾经有过多少文明，又有多少历史被我们永远地遗忘了。

"这一切都太不可思议了，伟大的祭司，可是，我不明白，这跟我的问题有什么关系。"我从震惊中回过神来。

"当然有关系，大有关系，因为九千年前，地球还很年轻，当时雅典是一座被所有人尊敬和仰慕的城市，拥有历史上最好的成文法。你想知道的话，我就告诉你，正是在那个时期，你的城民立下了最伟大、最卓著的功绩。这一切都要归功于雅典的法律，虽然今天，只有我和少数几个人知道当时到底发生了什么。你想知道吗？"

我的回答当然是"想"，于是，祭司开始讲故事：

很久很久以前，在海格力斯之柱的另一边，有一片神奇的陆地，叫亚特兰蒂斯，但是，在众神的意志下，它被海浪吞没了……

克里蒂亚读到这里时，房间里传来了一阵可怕的噪音，三个哲学家和柏拉图顿时从椅子上跳了起来。柏拉图脑袋里的小声音开始大喊：

"天啊，被故事中的祭司说中了，世界末日来了！"

然而，那并不是世界末日，而是赞西佩。她走进了客厅，手里拿着一只托盘，上面有五盘熏牛肚。

"怎么？你们没见过牛肚吗？"赞西佩看着他们问，那三个客人早就躲到了椅子背后。

"赞西佩，你把牛肚放在桌上就出去，行吗？"苏格拉底说。

"那可不！反正我只是你和你朋友的女佣，连句谢谢都不配得到！你们的确知道很多东西，可是你们不一定有教养！"赞西佩大吼着，摔门而去。

客厅里，大家都吓坏了，柏拉图从惊吓中缓过神来，问了苏格拉底一个他一直想问的问题："老师，您为什么会娶这个女人？"

苏格拉底不慌不忙地回答说："首先，这可不是小孩子该关心的事。第二，有时我也会这样问自己，不过我还没找到一个确切的答案。第三，这件事告诉你，即便是最有智慧的人，有时也会干糊涂事儿。"

13

"现在我们吃饭吧，牛肚要凉了。"

柏拉图并不喜欢吃牛肚，不情愿地说："我们必须吃吗？"

"没有别的可吃了，而且我也不认为，就这样放着，它就会变得好吃。来，勇敢点，牛肚吃了又没什么坏处。"苏格拉底回答说。

"牛肚吃了也没什么好处呀。"小声音嘀咕着。

克里蒂亚吃了一口，就说道："这牛肚可太难吃了。"

"难吃极了！"赫谟克拉特补充说。

最后，蒂迈欧神情严肃地说："这简直是世界上最难吃的牛肚。"

"幸运"的是，赞西佩虽然脾气很坏，但是听力却很好。她听了这些评价后气坏了，在厨房里大叫起来："要是你们不喜欢我做的牛肚，有本事你们来做呀！"

为了不再听她的大声谩骂，三个哲学家决定不再谈论牛肚，而是回到梭伦的手稿上来。柏拉图心想，祭司说的这个神秘的亚特兰蒂斯到底是什么呢？它为什么这么神秘？它到底有什么秘密呢？

克里蒂亚从刚才中断的地方开始，又读起故事来：

　　很久很久以前，在海格力斯之柱的另一边，有一片神奇的陆地，叫亚特兰蒂斯，但是，在众神的意志下，它被海浪吞没了。

　　你一定知道，众神在创造了世界后，就像分割花园一样，把世界分成了许多部分：每个神都拥有自己的一块土地，他们根据自己的喜好，在自己的土地上放满了人、怪兽或者其他动物。

　　可是，在瓜分土地的时候出现了一个问题：有三个神都在争夺雅典城所在的阿提卡地区。这三个神分别是海神波塞冬，众神的工匠、科学之神赫菲斯托斯，还有智慧女神雅典娜。他们都想将阿提卡占为己有，因此不能达成统一的意见。在无数次的争吵后，最后是雅典娜和赫菲斯托斯得到了这个地方。

　　波塞冬气得直跳脚，他怀疑雅典娜和赫菲斯托斯早就串通好了，要让他什么也得不到。于是，波塞冬发誓，要让那两个神为他们的冒犯付出昂贵的代价。

15

他气冲冲地离开了众神居住的奥林匹斯山，大步流星地穿过了整个世界。他越过了世界尽头，来到了海格力斯之柱的另一边，这里只有一片汪洋大海。他注视着无边无际的水面，决定要在这里创造一个自己的王国。他微微点了点头，海底就浮出了一块巨大的陆地，这块陆地由许多岛屿组成，比亚洲和非洲加起来还要大。这就是亚特兰蒂斯。

他决定在这块世界上最大的陆地上建造一座辉煌的城市，让它成为王国的首都，比雅典人的首都美丽一千倍、繁荣一千倍。这座城市富饶、强大，一定会让雅典娜和赫菲斯托斯嫉妒得发狂。

波塞冬从海底取了一些土，用土垒成了一座山，这座山不高，但却很宽。他像用沙子堆城堡一样，轻而易举地用他巨大的手抹平了山尖。在抹平的山尖，他放出了两汪泉水，一汪是冷水，一汪是热水。

　　接着，他画了三个完美的圆，挖了三个又大又深的地洞，用泉水填满了地洞。最后，他还建造了一条河，河水从岛中心发源，一直流到大海里。

　　他夷平了山周围的所有土地，捏出了一块巨大的平原，在平原上种了各种各样的植物。在这片平原上，凡是岛上的人需要的东西，都会自动长出来。

　　这下，他已经为一座巨大的城市选好了一个完美的位置，就只剩下建造出住在这座城里的人了。为了确保他们配得上这座神奇的城市，他决定让他的后代成为这座城的城民，让他们的血管中流淌着神的血。

　　于是，他在世界上走来走去，想找一个配得上这份荣耀的女子来当他的妻子。他在世界上游荡了好长时间，去了许多地方，淘汰了很多想成为他妻子的女人。最后，他找到了一个绝世美女，名叫克利托。波塞冬很快就爱上了克利托。当波塞冬请求克利托的父母将克利托许配给他时，他们很快就同意了。

于是，波塞冬带着他的新婚妻子回到了亚特兰蒂斯。

他们在那里生活了许多年，生下了五对双胞胎，所有孩子都很漂亮、很强壮、很聪明，因为他们是神和一个绝世美女的孩子。在所有孩子中，有一个尤其聪明，他就是长子亚特兰大。他的父亲波塞冬派他统治最大的岛屿。后来，波塞冬将亚特兰蒂斯王国分成了十块，分给了每个孩子。

为了让这座城市变得稳固，波塞冬给山围上了三层城墙。最外层是用锡做的，第二层是用铜做的，第三层是用一种类似黄铜的金属做的，但今天已经找不到这种金属了，它会发出火焰般的光芒，比金子更珍贵。这三层巨大的城墙无比结实，无论是人还是神，都无法攻破。

读到这里，克里蒂亚从古老的手稿中抬起头，说："这难道不是一个不可思议的故事吗，苏格拉底？"

"不可思议极了，不是吗？"赫谟克拉特补充说。

"这简直是世界上最不可思议的故事，对吧？"蒂迈欧最后说。

"一点儿也没错！"柏拉图脑海里的小声音说。

"当然，当然，"苏格拉底回答说，"如果可以，克里蒂亚，我想问你一个问题。"

"你想知道什么，尽管问！"克里蒂亚回答说。

"就是……我发现你的牛肚还没吃完，我可以吃吗？"

　　克里蒂亚可没想到他问的是这样一个问题，他愣了一秒，点了点头表示同意。于是，苏格拉底开始吃克里蒂压剩下的牛肚，而克里蒂亚重新读起故事来。不过，他时不时地会向苏格拉底投去不屑的眼神。

　　手稿接下去是这样写的：

　　最后，海神看着他的作品，满意地笑了。雅典娜和赫菲斯托斯当然不可能做出更好的作品，他的王国一定会让他们嫉妒得发狂。临走前，波塞冬给他的孩子们留下了一些法律，刻在石头上，为的是确保他建立的王国永远治理有方。每年，首先是波塞冬的十个孩子，再后来是他们的后代，他们都要来到神庙，聚集在法律石碑面前。为了体现他们的权威，波塞冬的每个孩子都要赤手空拳杀死一头牛。只有通过了这个极其困难的考验，他们才有资格继续统治王国。

　　波塞冬离开后，在亚特兰大的领导下，波塞冬的孩子们决定完善他的作品。他们建造了一座纪念波塞冬的神庙，这座神庙全部都是用金子和类似黄铜的那种金属做的，在几公里外就能看见它反射着阳光，

金光闪闪的，像灯塔一样。

很快，山顶的城市就住满了商人、工匠和士兵，他们被这座富饶的岛屿吸引，被它的美丽震撼。而且，多亏了那条河，船只可以穿过那三道坚不可摧的城墙，直接到达城市。这里的土地是如此肥沃，遍地都是财富，亚特兰蒂斯的居民用不着劳动，说到吃的，他们似乎从来都不缺粮食。

运输物品时，他们不用马和牛，而是用巨型的大象，在亚特兰蒂斯，大象就像我们的猫和狗一样常见。

在波塞冬和法律的指引下，国王们公正地统治了亚特兰蒂斯几千年。

在他们的统治下，城民们被分成了三个种类。一些人成了商人，一些人从小就被培养成战士，还有一些人成了祭司，学习科学和其他手艺的秘密。女人们和男人们是平等的，女人也可以成为战士。

听到这里，柏拉图马上想到了赞西佩，这个女人一定会让所有敌人闻风丧胆，她要是成为战士，一定比苏格拉底的三个客人都要厉害。

在亚特兰蒂斯，人们无法决定自己做什么工作，他们的父母也不能替他们选择，只有祭司可以根据每个人的品性和态度，决定他的职业。

第一道城墙里住着商人和工匠，第二道城墙里住着士兵，第三道城墙里面有波塞冬巨大的神庙，住着国王和祭司。亚特兰蒂斯人的所有东西都是最好的，他们的军队也比世界上的其他军队都要强大。他们拥有成千上万的战车，当他们驾着战车进攻时，地面都会震动起来，就像地震了一样。

士兵的盔甲带有金子和黄铜的装饰，它们发出的金光老远就能看见，能刺伤敌人的眼睛，让他们充满恐惧。而且，亚特兰蒂斯人的战船也是巨大的，在他们的战船面前，我们最大的三桅战船就像核桃壳一样。波塞冬总是守护着他的后代，好像永远都守护不够一样。亚特兰蒂斯的战船每次出动都顺风顺水，能够轻易击败任何敌人。

这时，克里蒂亚已经读了很久，他停了下来，打算喘口气。

柏拉图目瞪口呆地听着，想象着亚特兰蒂斯王国，想象着那些神奇的庙宇、无敌的军队。他想象自己穿着比阳光还耀眼的盔甲，骑在大象上，又或者，站在一艘有一座城那么大的战船上。

苏格拉底看上去就没那么感兴趣了，他仍在津津有味地享用着克里蒂亚盘子里剩下的牛肚。

三位客人发现，苏格拉底似乎更喜欢牛肚，而不是梭伦的故事，他们盯着他，一句话也不说，脸上露出了不高兴的神情。

"老师，您得认真听故事呀。"柏拉图小声对他说，他已经注意到了三位客人有些不愉快，生怕他们不再读下去。

"我是用耳朵在听，就算嘴巴忙着，我也能听见。而且，这个故事等了九千年才等到听故事的人，再多等五分钟也不碍事。可牛肚放久了就不能吃了。"

柏拉图已经对老师奇怪的举止习以为常了，于是不再多说，开始耐心地等待克里蒂亚继续讲故事，想知道故事的结局。

为了吸引苏格拉底的注意，克里蒂亚大声地清了清嗓子，接着读起来：

然而，过了几百年，这无尽的力量、这巨大的财富让亚特兰蒂斯人变得傲慢自大。他们的大军碾压了所有敌人，亚特兰蒂斯一天天变得更强大，但亚特兰蒂斯人也变得越来越邪恶和蛮横。从非洲海岸到我们今天称之为第勒尼安海的海域，他们征服了地中海上所有的民族。

没有人敢攻击亚特兰蒂斯人，因为人们知道，众神也无法毁坏波塞冬建造的城墙，亚特兰蒂斯的居民只要躲在城墙里，就能确保不被打败。

亚特兰蒂斯人的军队所向披靡，不断征服世界，直到他们到达埃及的边境，开始威胁埃及人。

"成为我们的奴隶，还是被我们用战车赶走，选一个吧！"亚特兰蒂斯的将军们自信他们是无敌的。

埃及人很清楚，他们仅凭自己的力量，是无法和这样强大又冷酷的敌人战斗的。可是，他们也不愿在这种威胁面前屈服。他们宁愿自由地战死，也不愿过奴隶的生活，他们拒绝投降。埃及人知道自己不可能独自抵抗太久，于是，他们往所有邻近的王国都派遣了大使，希望得到帮助。

但是，其他的民族不是已经被征服了，就是对亚特兰蒂斯人闻风丧胆。他们以为，如果他们安安静静、老老实实地待着，也许亚特兰蒂斯人会渐渐不想再当蛮横的征服者，放过他们。事实上，他们大错

特错，因为亚特兰蒂斯人的每一次胜利只会让他们变得更加强大、更加傲慢，所以，他们会继续随心所欲，直到全世界都变成他们的领地。就这样，胆小鬼们继续讨好着亚特兰蒂斯人，而亚特兰蒂斯人也不断摧毁着所有胆敢反抗他们的人。埃及的命运、全世界的命运好像都已经注定了。埃及的大使们从其他王国的首都带回的答案总是一样的：没有人想挑战亚特兰蒂斯的力量。在所有邻近的民族中，只有一个民族决定帮助埃及人，那就是雅典。虽然雅典是个小城邦，亚特兰蒂斯是一个大帝国，虽然雅典人没有坚不可摧的城墙来保护他们免受敌人的攻击，但他们还是决定和埃及人并肩作战，尽管所有人都知道胜利的希望很渺茫。

当亚特兰蒂斯的将军们得知雅典人决定帮助埃及时，他们满意地大笑起来。他们当然不怕这个小城邦，他们相信自己能轻而易举地打败雅典人和埃及人。而且，他们还知道，波塞冬之所以造出亚特兰蒂斯，就是因为他被赶出了阿提卡，打败雅典就能为海神报仇，一次性证明他们的王国才是全世界最强大的王国。

然而，他们错了。

亚特兰蒂斯输了，当将军们正在组织一支新的军队时，亚特兰蒂斯的陆地在一夜之间被海水吞没了。

那些坚不可摧的城墙根本抵挡不住波塞冬掀起的海浪。亚特兰蒂斯宏伟的建筑和无尽的骄傲现在早已沉入海底。金子和类似黄铜的金属做的神庙成了鱼儿的住所，没有人记得亚特兰蒂斯人的名字，没有人记得他们的丰功伟绩。

事实上，众神早就厌烦了亚特兰蒂斯人的傲慢。就连波塞冬也对他后代的行为很不满意，他原本希望他们因为拥有智慧而得到尊重，而不是因为拥有力量而被惧怕。

于是，在亚特兰蒂斯人和埃及人、雅典人之间的大战开始前不久，众神之王宙斯将所有神都召集到他的宫殿里，说……

"说了什么？"柏拉图马上问道，他太想听大战的故事了，太想知道这个不可思议的故事究竟是如何收场的了。他身边的苏格拉底却仍在安静地吃着，这回吃的是蒂迈欧盘子里的东西。

"就是这儿，这里出现了一个大问题。"克里蒂亚说。

"这个问题大极了。"赫谟克拉特补充说。

"这简直是全世界最大的问题。"蒂迈欧最后说。

"问题？拜托，别开玩笑了！"苏格拉底的小声音焦急地说。

"你瞧，苏格拉底，手稿到这里就结束了，所以我们不知道故事的结局。"克里蒂亚解释说。

"就是因为这样，我们才来找你。因为人们都说你是最有智慧的人，我们就来向你求助了。"赫谟克拉特接着解释说。

"我能帮你们干什么？"苏格拉底问，他已经吃完了蒂迈欧的牛肚，正饶有兴致地盯着柏拉图的盘子里剩下的牛肚。

"什么干什么？当然是找到亚特兰蒂斯沉没的秘密呀！找到它那些坚不可摧的城墙，还有金子和类似黄铜的金属建造的神庙呀！"蒂迈欧叫了起来。

"如果是众神毁掉了一个王国，那么世界上最有智慧的人也不会知道这是为什么，没有人能让亚特兰蒂斯死而复生。不光我帮不了你们，其他人也帮不了你们。"苏格拉底平静地回答说。

"这点你说得没错，"赫谟克拉特继续说，"但是这个故事缺少了最重要的部分。我们不明白，我们的祖先是怎样打败这样一群战无不胜的敌人的。要是我们能明白这一点，或许我们也能征服世界了，你不这样认为吗？"

苏格拉底耸了耸肩，回答说："这个问题也不需要世界上最有智慧的人来回答。这是整个故事中最清楚的道理了。"

"什么？"三个哲学家、柏拉图和小声音齐声说。

"苏格拉底，难道……你已经知道这个传说的结局了？"克里蒂亚问。

"当然……不知道。不过，我听了开头。你们不记得了吗？祭司对梭伦说，雅典人有最好的法律，多亏有了这些法律，他们才取得了最伟大的功绩。对你们来说，这还不能说明问题吗？"

"可是，在不可战胜的军队和坚不可摧的城墙面前，法律又有什么用呢？"

"亲爱的赫谟克拉特,法律对于一座城市,就像灵魂对于一个人一样重要。是法律让一座城市运作和成长。如果有好的法律,城民就能变得智慧、公正。要是法律不好,城民就会变得邪恶、蛮横。亚特兰蒂斯的城墙不会被摧毁,它们今天也一定还在海底,和它们建造之初一样美丽,但这并没有什么用。相反,我们的法律不会沉没,也不会被敌人打败。正是雅典的法律让我们的祖先和埃及人结盟,共同反抗亚特兰蒂斯人,因为我们的祖先想阻止他们不正义的行为。当亚特兰蒂斯人被财富和权力蒙蔽了双眼,不再遵从波塞冬的教诲时,他们就变得邪恶了。

如果你们希望我们的城市成为最强大的城市,别浪费时间寻找沉没的大陆了,你们应该努力让我们的法律变成最好的法律,让它成为雅典居民人人遵守的法律。"苏格拉底用庄重的语调回答说。

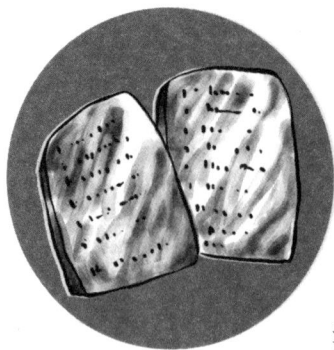

"我想，现在一切都清楚了。"克里蒂亚说。

"清楚极了。"赫谟克拉特补充说。

"这简直是世界上最清楚的事了。"蒂迈欧最后说。

"我不明白，为什么我们刚才没想到。"

"也许，你们也被金子和黄铜的光芒蒙蔽了双眼。"苏格拉底微微一笑。

柏拉图感到有些惭愧，因为他听了这些引人入胜的描述后，也没抓住故事的真正含义。他问自己，为什么没有马上想到，祭司的故事都是围绕着法律的重要性展开的呢？这时，门被重重地推开了，赞西佩又来到了客厅。

三个哲学家看见她进来，马上在椅子上缩了起来，赞西佩恶狠狠地瞪了他们一眼。

"我看你们很喜欢牛肚嘛！你们还想在这儿聊天，赖着不走吗？难道你们还想留下来吃晚饭？"赞西佩质问道。

"其实，我刚刚才想起来，我有一件很重要的事要做。"克里蒂亚说。

"真巧啊，我也是，有件事重要极了。"赫谟克拉特接着说。

"我也是，简直是世界上最重要的事了。"蒂迈欧最后说。

一眨眼，三个哲学家就匆匆忙忙地告了辞，连忙朝门口走去。他们太害怕了，而且，他们在苏格拉底家几乎什么都没吃，很想快些去吃点零食。

赞西佩看了他们一会儿，转身对苏格拉底说："瞧瞧你这些朋友！总是抱怨这抱怨那，最后把牛肚吃得连渣都不剩！都是些什么人呀！"

她摔上了门，也出去了。

屋子里只剩下师生二人。柏拉图问苏格拉底："老师，依您看，克里蒂亚读的那个故事是真的还是编的？真的有过这样一个神奇的王国吗？"

"这我可不知道，"苏格拉底回答说，"不过我知道，这个故事的含义是真的，这才是重点。梭伦想教给我们一些东西，我很高兴你留下来听完了这个故事。今天天色也晚了，就不上课了。不过，我还是想问你一个问题。"

"您说，老师。"柏拉图说。

"那份牛肚你不吃了吗？你瞧，我还有点饿……"

那一天，柏拉图没有上课，但在后来的许多年中，他每天都去老师那儿，每天都变得更有智慧。他学了许许多多的东西，等他老了，他还是会想起神奇的亚特兰斯蒂王国和它的居民。他很喜欢这个故事，于是，在他去世前不久，他把这个故事写在了一本书里。多亏了柏拉图，我们今天还能听到这个故事。

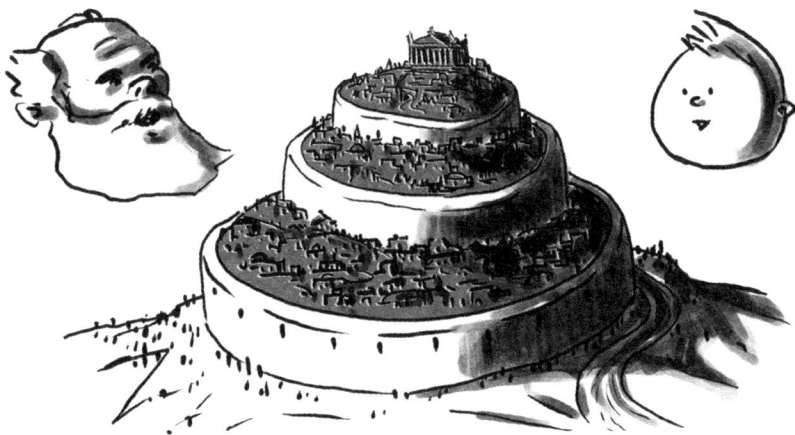

问答点滴……

苏格拉底是谁?

苏格拉底,一个真实存在的人,古代最重要的哲学家之一。他出生于公元前469年(一说公元前470年),也就相当于两千五百年前。他的爸爸是一个雕塑家,妈妈是位助产婆。他做过很多事情,还当过兵。据说他总是一动不动地思考问题,即使在很危险的地方。他的妻子叫赞西佩,他俩生了三个孩子。我们之所以记住苏格拉底,更因为他是一个伟大的老师。可惜的是,他的行为方式导致很多人把他当成敌人,以至于后来,他们把他送上了法庭。最后,他还被法庭判处了死刑。苏格拉底本来是可以逃走的,但是他宁可死也不愿意离开他钟爱的雅典城。

柏拉图是谁?

柏拉图,苏格拉底所有学生当中最聪明、最有名的一个。在他的老师死于监狱后,柏拉图决定把老师讲课的内容记录下来,编辑成书。因为苏格拉底生前一直忙于教学,没有时间写作,所以他什么文字都没有留下来。我们今天读的这个故事和很多其他故事,都是因为柏拉图的记录才得以保存下来。

柏拉图记录了苏格拉底和其他人的谈话内容，并在这些谈话中体现出了苏格拉底的思想。

哲学家是什么？

这个问题有许多答案，从古希腊人的时代起，一直到今天，学者们都还没能达成一致意见。哲学家原本的字面意思是"智慧的朋友"，指的是那些试图回答很难的问题的人。这些问题比如："什么是正确的，什么是错误的""事物的本质是什么"以及"人死了之后会发生什么"等等。

最早的哲学家诞生在古希腊。如今，柏拉图的时代已经过去很久了，但哲学家提出的很多问题还是没有答案。也许，加上一点运气，你有可能会找到这些答案，谁又说得准呢？

小声音是什么？

小声音，古希腊人称它为"精灵"，类似于人类的守护天使。当一个人遇到问题的时候它就会出现，提出建议，帮人解决问题。今天，有些人把它称作"本能"，还有些人把它称作"意识"。

苏格拉底和柏拉图认为它存在于每个人的脑海之中，如果我们认真听，就能够时不时听到它。这个理论受到很多哲学家的欢迎，他们不断重复这个理论，当然有时也会进行一些改动。如果现在你也能时不时听见这个声音，也许意味着你长大以后会成为一个哲学家，或者，是一个非常有智慧的医生……

苏格拉底的教学方法是什么？

苏格拉底有一种十分特别的教学方法，这种方法的名字很难听，叫"助产术"，但它的意思却很美好，就是帮助婴儿诞生的方法。这种方法的要点就是提问，让学生依靠小声音，自己找到答案，小声音在老师的鼓励下从不会出错，只需要花一点时间，学生就能独立找到所有答案。苏格拉底说，真理存在于我们每个人的脑海之中，就像婴儿在妈妈的肚子里一样，只要帮一点忙，就能生出来。

法律是什么？

故事中提到的法律跟我们每天都要接触的法律是一样的。

法律就是解释什么事该做，什么事不该做的规则。很显然，这是一个重要的话题，许多哲学家都对它很感兴趣。柏拉图认为，法律是最重要的问题，必须找到一个答案，所以，他写了许多关于法律的东西。

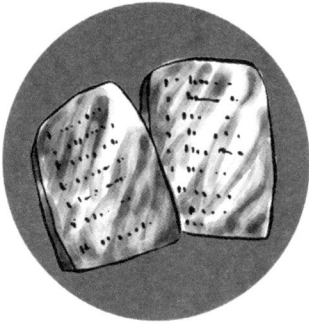

故事点评：

你刚刚读到的这个故事改编自柏拉图的书，他是第一个将这个故事记录在两本书里的人，这两本书分别是《蒂迈欧篇》和《克里蒂亚篇》。可惜的是，柏拉图在完成他的"对话录三部曲"前就去世了，第三本名叫《赫谟克拉特篇》。也正是因为这样，我们才不知道梭伦故事的结局，就像你刚刚读到的那样。要是你很好奇，我可以告诉你，有些人认为亚特兰蒂斯是希腊的圣托里尼岛，还有人认为是克里特岛；还有人说，亚特兰蒂斯在大西洋上，在非洲和美洲之间，也有人说它是南极。另外，还有一些人说，这个故事是柏拉图编的，他只是想借此描述一个完美的国家，解释自己的思想。